Licencia editorial por cesión de Edicions Bromera, SL (www.bromera.com).

Título original: *De quin color és un petó?*
© Del texto y de los dibujos: Rocio Bonilla Raya, 2015
© Traducción: Teresa Broseta Fandos, 2015
© Algar Editorial, SL
  Apartado de correos, 225 - 46600 Alzira
  www.algareditorial.com
Impresión: Grafo

1ª edición: septiembre, 2015
13ª edición: julio, 2018
ISBN: 978-84-9845-784-1
DL: V-2003-2015

Este LIBRO

pertenece a:

algar

*Para todas las Minimonis inquietas del mundo
pero, sobre todo, para Mònica Mercader,
mi Minimoni original*

¿De qué COLOR es un BESO?

Rocio Bonilla

Me llamo Mónica, pero todo el mundo me llama MINIMONI.

¡Cuando voy en *bicicleta* soy más rápida que el viento!

Me gustan las golondrinas, los *pastelillos* de crema de fresa y escuchar los cuentos que me cuenta *mamá*.

En casa, soy la encargada de las plantas del balcón,

porque me gusta regarlas

y decirles *cosas bonitas*

para que crezcan más deprisa.

Pero de todas las cosas, lo que más, más, más me gusta del mundo es... ¡¡¡PINTAR!!!

Con mis colores pinto *millones* de cosas. Sé pintar mariquitas ROJAS, cielos AZULES y plátanos AMARILLOS. Hasta he pintado *cohetes*, *pingüinos* y *gorilas*, pero... nunca he pintado un BESO.

¿De qué COLOR será un BESO?

Lo podría pintar ROJO,

como la SALSA de mis espaguetis...

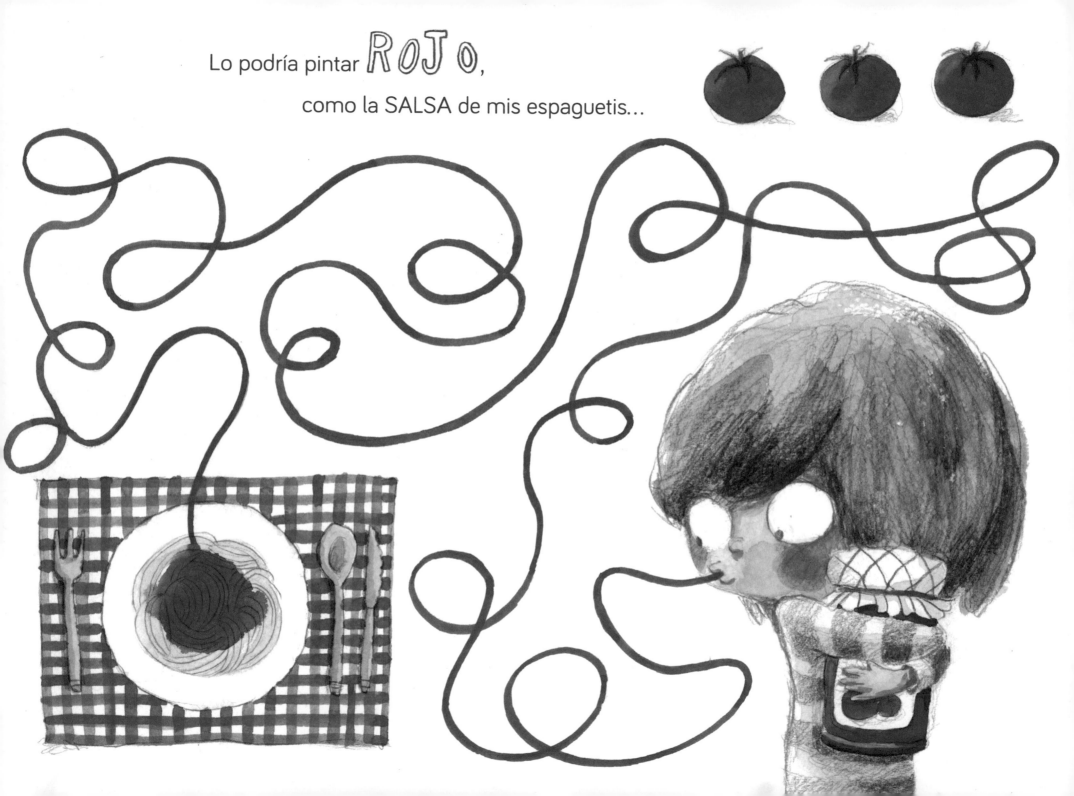

¡Definitivamente, no!
Dicen que el ROJO es el COLOR
de cuando estás enfadado,

BLA
BLA
BLA

BLA

¡y no das besos…

…cuando estás
ENFADADO!

Pero no me gusta para nada la VERDURA,
y la verdura también es VERDE.

Ni el *brócoli*,

ni las *acelgas*,

ni los *guisantes*.

Bueno, las *alcachofas* un poco…

¿AMARiLLO? Me encanta el COLOR de los GiRASOLES...

...y de las **BUENAS** ideas.

Porque las BUENAS IDEAS son AMARILLAS, ¿verdad?

Pero... aunque los **BESOS** sean *dulces* como la *miel*...

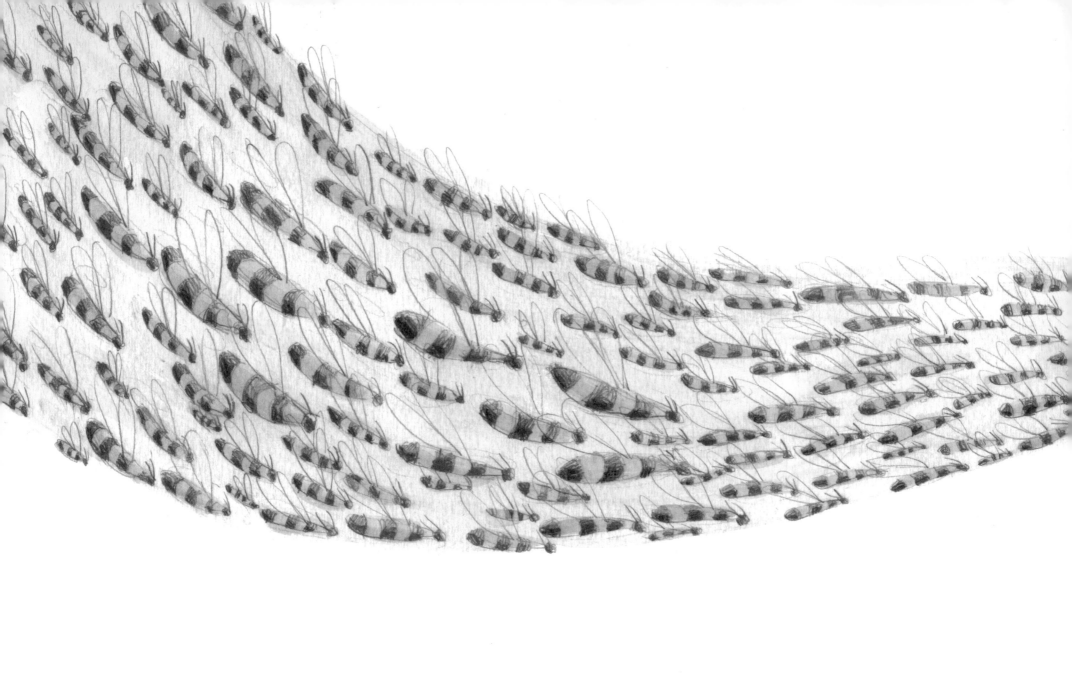

¡NO me gustan las ABEJAAAAAS!!!

¿Y si lo pinto MARRÓN?

Los BESOS son DULCES como el chocolate
y MÁGICOS, como el bosque en otoño.

PERO...

¿BLANCO como la NIEVE?
¿BRILLANTE como la LUNA y las ESTRELLAS?

Pero los BESOS son *cálidos*...

¡¡¡y la nieve es tan *fría*!!!

¿Y besos de color ROSA, deliciosos, como mis *pastelillos* preferidos?

Mmm...

¡Es que NO PUEDO soportar a las HADAS ni a las PRINCESAS!

Me han dicho que el AZUL es el COLOR de la *tristeza*.

¿DE VERDAD?

¡No será para tanto...!

Pero me encantan los *elefantes*, los *rinocerontes*, los *hipopótamos* y las *orejas* (*NEGRAS*).

¡Son *DIVERTIDOS*, como algunos BESOS!

¡MINIMONI está hecha un BUEN LÍO!

Mamáááá, ¿tú sabes de qué COLOR son los BESOS?

Y tú...
¿De qué COLOR
crees que es
un BESO?